L'ATHÉE;

ÉLÉGIE A EMMA;

LA CROIX.

Par A. M.****

ANGOULÊME,

DE L'IMPRIMERIE DE J. BROQUISSE, IMPRIMEUR

DE LA PRÉFECTURE.

—

1830

L'ATHÉE.

« Il est un Dieu; les herbes de la vallée et les
» cèdres de la montagne le bénissent; l'insecte
» bourdonne ses louanges, l'éléphant le salue au
» lever du jour, l'oiseau le chante dans le feuil-
» lage; la foudre fait éclater sa puissance, et
» l'Océan déclare son immensité; l'homme seul
» a dit : il n'y a point de Dieu. »

(CHATEAUBRIAND, *Génie du Christianisme.*)

« GLOIRE au plus Haut des cieux! Gloire au Maître suprême!
» Devant lui, sous ses pieds, s'abaissent les cieux même;
» Il commande : aussitôt, dans les mondes sans fin,
» Vole pour obéir l'immortel Séraphin;
» Il commande, aussitôt des traits de vives flammes
» Des élus bien heureux vont inonder les âmes.
» Ils aiment pour aimer, ils nagent dans l'amour;
» A leurs cœurs embrasés, Dieu se donne à son tour;
» Et nous, nous exilés en ce lieu solitaire,
» Nous demandons, hélas! le bonheur à la terre,
» Le bonheur, fruit du ciel, loin de nous rejeté!
» Ah! je tombe à tes pieds, sublime Majesté!
» Prosterne-toi, mortel! implore sa clémence,
» Gémis sur tes péchés; pleure... hélas! ton offense,
» Ingrat, en traits de feu doit déchirer ton cœur :
» Sache gagner le ciel à force de douleur! »

Ces accens de l'amour, cette voix redoutée,
Dans le fond de son cœur vont frapper un athée.
Il écoute; et soudain s'élèvent dans les airs,
Sur l'aile des démons, ces funèbres concerts :

« Qu'ai-je entendu? Qui! moi prosterner mon visage?
» Eh! pourquoi cet affront? pourquoi ce vil outrage?
» Devant Dieu, dit la voix, je dois m'humilier,
» L'adorer humblement, le craindre, le prier....
» Moi le prier! le craindre! ô sublime folie!
» Puis-je voir à ce point ma raison avilie!
» Dieu n'est rien.... Dieu n'est pas....! inventé par la peur,
» Son nom servit long-temps de texte à l'imposteur;
» Son nom va, sur le peuple imbécile et crédule,
» Légitimer l'affront d'un pouvoir ridicule.
» A la vaine menace opposons la raison.
» L'Eternel n'est qu'un mot; l'Enfer n'est qu'un vain nom.
» Des aveugles Chrétiens abattons la bannière;
» Je ne connais qu'un Dieu : le néant, la matière!....
» Dans le monde des sens tout se rapporte à moi;
» Le plaisir est mon but, l'intérêt est ma loi,
» Mes désirs, mon devoir. Une vaine promesse,
» Que l'erreur en mon sein grava dès ma jeunesse,
» Me fit croire autrefois qu'en ce monde exilés,
» A de meilleurs destins nous étions appelés.
» Homme, abjure à jamais cette erreur mensongère.
» Pourquoi flatter des sens l'orgueilleuse poussière,
» La flatter du vain mot de l'immortalité?
» Aux passions du cœur laissons la liberté;
» Brisons des préjugés la barrière futile;
» Aux yeux de la raison, ce qui plaît est utile.
» Craignons de vains devoirs et leur joug odieux;
» D'un vrai sage écoutez le secret précieux :
» A des yeux éclairés, la force légitime
» Ce qu'une vieille erreur flétrit du nom de crime.
» Fermons, fermons l'oreille à l'impuissant remord;
» Sans crainte et sans regret arrivons à la mort.

» Le corps, d'atômes vains adhésion fragile,

» Abattu par le temps, se résout en argile.
» Ces organes menteurs qu'on croyait animés,
» Expliqués par la mort, par le hasard formés,
» En des sucs nourriciers, changés par la nature,
» Des arbres de nos bois forment l'architecture.
» Qu'importe donc la vie ou la chute des corps?
» Homme, cèdre, lion, par de secrets rapports,
» Dans un cercle éternel, changeant leurs molécules,
» Sapent les fondemens de la foi des crédules.
» De l'Amazone au Nil, de l'Indus au Wolga,
» Des montagnes de l'Inde aux sommets de l'Etna,
» La nature entretient cette vaste harmonie,
» Ces mouvemens des corps, qu'on appelle la vie.
» Voilà l'Eternité, non ce vague avenir
» Que le prêtre menteur compose à son plaisir.
» Voilà l'Eternité, non cette erreur cruelle
» Qui menace mon corps d'une peine éternelle..... »

Ainsi parle l'Athée; et le vice enhardi,
Comme un serpent vainqueur se redresse applaudi.
La faiblesse l'écoute, et sa marche timide,
En esclave obéit à la voix qui la guide.
Par ses brûlans désirs, le jeune homme conduit,
Raisonne avec son cœur, lui-même se séduit :

« Dois-je sacrifier aux vains devoirs des hommes
» Les plaisirs enivrans de ce monde où nous sommes?
» Voluptés de l'amour, voluptés de l'orgueil,
» Double ivresse des sens, n'es-tu qu'un vain écueil
» Que doive mépriser ma jeunesse éclairée?
» Ainsi de matelots, la nacelle égarée,
» Suivait sur l'Océan son cours aventureux;
» La mer paraît briser sur des rochers affreux;
» Le pilote tremblant voit l'horreur du naufrage....

» Le vent souffle, il frémit.... l'écueil n'est qu'un nuage
» Dont la forme trompeuse, et l'aspect indécis,
» Offrent de vains dangers aux matelots surpris.
» Ainsi, sans nous troubler, voguons à pleines voiles ;
» Dédaignons la boussole et l'éclat des étoiles.
» Athée, à ta sagesse empruntant son loisir,
» Jouissons du présent sans craindre l'avenir ;
» Au feu des passions laissons toute licence ;
» Le remords doit se taire où le plaisir commence !
» Jouissons, jouissons.... ! Mais, hélas ! quel effroi,
» Comme un frisson de mort passe au-dedans de moi !
» J'invoque tes leçons, Athée, et ta sagesse,
» Comme un immense poids me fatigue et m'oppresse.
» Quelle faiblesse, hélas ! mon esprit abattu,
» Dans un doute accablant demeure suspendu....
» Mon cœur appelle en vain l'espérance abusée ;
» La terreur me poursuit : la nature épuisée
    » Fait un dernier effort ;
» J'erre dans mon tombeau : ma pénible agonie
» Prolonge lentement, sur un reste de vie,
    » L'angoisse de la mort.

    » Vois ma raison chancelante,
   » O mon maître, soutiens-moi !
   » Crains qu'en mon âme tremblante
   » Dieu ne l'emporte sur toi.
   » Ta redoutable sagesse
   » En mon sein combat sans cesse :
   » Je succombe sous l'effort.
   » Ainsi la vague écumante
   » Quitte, reprend et tourmente
   » Un cadavre sur le bord.

    » Jadis une tendre mère

‹ 5 ›

» Sur mes lèvres déposa
» Les doux mots de la prière ;
» Ma bouche les bégaya....
» Bientôt sa main prévoyante
» Guida ma marche tremblante
» Dans le parvis du saint lieu.
» Je vois, je vois encor son image chérie ;
» O ma mère ! je garde en mon âme attendrie,
» Et ton dernier soupir et ton dernier adieu.

» Tu disais : « ô mon fils, aux grâces de Marie
» J'ai confié tes jeunes ans.
» Celle que j'adore et je prie,
» Ecarta les maux dévorans
» De ta santé peu raffermie ;
» Demeure fidèle, ô mon fils !
» Pour ta mère, à ton tour adresse ta prière ;
» Et lorsque mes derniers débris
» Dormiront au sein de la terre,
» Pour conduire mon âme aux célestes parvis,
» Mon fils, souviens-toi de ta mère ! »

« Fuyez mon esprit agité,
» Vains souvenirs, vaine prière !
» Laissez-moi ; je ne sais quelle affreuse clarté
» Brille au fond de mon cœur... ! c'est l'ombre de ma mère
» Qui vient de mes sermens sonder la vérité....

» Cœur timide ! dans la tombe
» Son cadavre est à jamais......
» Quand l'homme ici-bas succombe,
» Cessez stériles regrets !
» Silence....! tout est matière....
» Un cercueil, un peu de terre

» Voilà tout son avenir.
» Il périt, et la nature
» Place un tapis de verdure.
» Sur l'être renversé qui va s'anéantir.

» Athée, à ta raison j'éclaire ma sagesse,
» Oui, Dieu n'est qu'un fantôme offert à la faiblesse !
» Ces plaisirs des grands cœurs, et la haine et l'amour,
» Seuls, peuvent animer le terrestre séjour.
» Feux de la volupté, frissons de la vengeance,
» Au-devant de vos traits, mon cœur entier s'élance !
» Venez, il vous appelle : en mon sein éperdu,
» Venez anéantir ces restes de vertu,
» Ces restes de faiblesse ; en mon âme éclairée,
» Gravez des passions l'auréole sacrée.
» Que ne puis-je à jamais écraser sous l'autel
» Cet homme qui se dit l'homme de l'éternel !
» Cette Religion, fille du fanatisme,
» Qui révèle à nos cœurs un sacré despotisme,
» Cette Religion, dont l'orgueilleuse voix,
» De la tombe au berceau nous courbe sous ses lois !...
» Eh bien ! pour la braver un nouveau jour m'éclaire :
» Je veux dans mes amours une épouse adultère !....
» Je jouis doublement d'un lien profané ;
» Ma rivale frémit, et je suis couronné.

» Ne suis-je pas athée ? et ce titre invincible
» Ne déroule-t-il pas l'espace du possible ?
» Qui pourrait m'arrêter ? au cœur de mon ami,
» Ma main saura plonger un poignard affermi.
» Mon maître, je crois voir ton âme épouvantée....
» Ton front, ton front pâlit....! ne suis-je pas athée ?
» L'athéisme a parlé : respecte ses arrêts !
» Va, j'ai su pénétrer ses mystères secrets ;

» Au fer qui va frapper qu'importe la victime ?
» Le remords est éteint puisqu'il n'est plus de crime.
» Le sang coule à grands flots.... qu'importe ? le soleil
» Viendra demain encor caresser mon réveil ;
» Demain, sous ses rayons, la nature charmée,
» En silence suivra sa marche accoutumée.
» Eh bien ! t'ai-je compris, mon maître ? tu le vois,
» Tes leçons ont porté, je reconnais tes lois.

» Tel un jeune serpent, d'une robe nouvelle,
» Décore avec orgueil ses rapides anneaux ;
» Superbe, il se déploie : en leurs secrets canaux,
» Ses poisons ont acquis une force mortelle,
» Et ses longs sifflemens provoquent ses rivaux.
» Telle mon âme émue à tes leçons, Athée,
» Embrasse avec ardeur ton redoutable don ;
» De la Religion, la voix épouvantée,
    » Semble me demander pardon.
» Pardon ! non, non, jamais : à ce Dieu qu'on adore
» J'oppose en frémissant le cri de mon orgueil.
» Je n'aurai plus qu'un pas pour entrer au cercueil,
» Que mes cris triomphans le braveront encore. »

    Le malheureux, pendant vingt ans,
    Traînant sa jeunesse flétrie,
    Brava de ses cris impuissans
    Le Dieu qui lui donna la vie.
    Un jour enfin (jour de pardon),
    Je ne sais quelle voix secrète,
    Au fond de son âme inquiète,
    Fit luire un bienfaisant rayon.
    Il crut entendre une prière....
    Il s'émut... son cœur s'amollit ;

Un vieux souvenir l'attendrit....
Son cœur lui rappela sa mère....

Des larmes pesaient sur son cœur :
Larmes de sang....! larmes heureuses!....
Il pleura... dès-lors, ô bonheur!
Ses peines furent moins affreuses.

Mais hélas! la main du plaisir
Hâte la vieillesse fragile.
Il souffrait.... sa santé débile
Lui montre un prochain avenir....

Enfin sa tâche est accomplie;
Bientôt il va quitter la vie;
Il va s'éteindre pour jamais.....
Pour jamais condamné peut-être....!
O mon Dieu, pardonne!.... le prêtre
Reçoit ses immenses regrets,
Et verse en cette âme épuisée
Le baume et la douce rosée
De la prière et de la paix.

ÉLÉGIE A EMMA.

J'ai vu d'Emma la tombe solitaire ;
J'ai vu l'asile où dorment les vertus,
Sensible Emma ! tu passas sur la terre
Comme un éclair qui brille et qui n'est plus.

(Parny.)

Ces fleurs que la pourpre colore
Et que ma main vient de cueillir,
Ce matin je les vis éclore,
Ce soir tu les verras flétrir.
Du sort qui les a condamnées
Adoucis la triste rigueur ;
Emma, place les sur ton cœur ;
Elles seront dédommagées.
Mais que dis-je ! ton sein brûlant
Hâtera leur chute prochaine ;
Douce Emma, retiens ton haleine ;
Soutiens leur destin chancelant ;
Ah ! prolonge d'un seul instant,
Prolonge leur vie incertaine.....
Hélas ! tes soins sont superflus,
Bientôt ces fleurs ne seront plus ;
Leur calice se décolore ;
Leur éclat va s'évanouir ;
Avant le retour de l'aurore
Douces fleurs il faudra mourir !....

Mourir, Emma ! de ton jeune âge
Tel est le fidèle tableau ;
Le temps fuit.... l'heure du tombeau
Pour nous s'approche davantage.

Nous berçant d'une douce erreur,
Flattant la commune faiblesse,
A tous la trompeuse jeunesse
Promet un siècle de bonheur.
Tendre Emma, que cette promesse
N'ait pas de prise sur ton cœur.
L'astre brillant d'une journée
Se lève étincelant de feux.
Il paraît.... ses rayons nombreux
Inondent la terre étonnée....
Sans doute, cet astre si beau
Ne voit pas faiblir sa lumière;
Sans doute, sa longue carrière
N'a pas la crainte du tombeau....
Vain espoir! sa course rapide
Abrège un immense chemin;
L'astre, guidé pour le destin,
S'éteint dans la plaine liquide.

Sans espérer un lendemain,
Ainsi, pour toi, ma douce amie,
Ainsi disparaîtra la vie.
Vois-tu s'arrondir en berceaux
Les jeunes bois de ce bocage?
Vois-tu, sous leur paisible ombrage,
S'élever ces gazons nouveaux?
Bientôt des secrets de la tombe,
Par la mort pleinement instruits,
Couverts de la feuille qui tombe,
Ici dormiront nos débris.
Bénissant notre heure dernière,
La voix de la religion,
Sur les ailes de la prière
Fera descendre le pardon.

Mais que vois-je, ô fille timide!
Ton cœur palpite avec effroi!
De pleurs ta paupière est humide,
Ton sein se presse contre moi!
Bonne Emma, douce et tendre amie,
Crains-tu donc l'instant du réveil?
C'est un long sommeil que la vie:
Il faut une fin au sommeil.....

La vie, Emma, n'est qu'un passage
Qui mène à l'immortalité;
Remercie un Dieu de bonté,
Qui, pour t'embellir le voyage,
Voulut te donner la beauté.
Crains-tu de mourir avant l'âge?
Le temps est un pesant fardeau;
Vieillir est un triste avantage;
Au terme du pélerinage,
Il faut passer par le tombeau.

Qu'importent donc quelques journées,
Puisqu'à la fin tout doit mourir?
Vois ces tombes abandonnées
Qu'un long gazon va recouvrir.
Ici dorment dans la poussière,
Pressés sous un tombeau sans nom,
Des heureux, des grands de la terre,
Des guerriers au brillant renom.
Le trépas, de sa main puissante,
Chassant le funèbre troupeau,
Courba leur tête triomphante
Sous son redoutable niveau.
Eh! qu'importe la renommée?
Qu'importe une vaine fumée

Qui monte et puis s'évanouit ?....
Le temps, en sa course rapide,
Abat un Pygmée, un Alcide,
L'instant fatal les réunit....

Des faux prestiges de la vie
Dédaignons la feinte douceur;
Evitons un monde trompeur;
Loin de lui le cœur apprécie
Ces vains fantômes de bonheur
Qu'un culte insensé déifie.
Emma, notre exil doit finir....
Bientôt nous fuirons cette terre
Où nos âmes n'ont pu s'unir;
Bientôt un rapide avenir
Rendra notre âme à la lumière :
La mort viendra nous affranchir.

Emma, bénis la loi sublime
Qui mène à l'immortalité.
Emma, laisse la crainte au crime;
Dieu l'attend dans l'éternité....
Mais toi, mais toi, vierge chérie,
Va, pars.....ta céleste patrie
Appelle tes jeunes vertus;
Vole au séjour de la prière;
Emma, sois l'ange tutélaire
De ceux qui ne te verront plus.

LA CROIX.

Du Seigneur écoutant la voix,
Un jeune chrétien en prières,
Gémissait au pied de la Croix
Sur nos fautes et nos misères.
Vers lui par mon cœur attiré,
J'écoutais sa voix gémissante;
J'écoutais.....! Sa plainte touchante
Errait dans l'espace sacré.

« Oui, c'est bien le Sauveur du monde
» Que cette Croix offre à mes yeux!
» C'est là son trépas douloureux!
» C'est sur cette croix que se fonde
» L'espérance du malheureux!
» C'est lui...! Sa paupière abaissée
» Obéit aux lois de la mort,
» Et de sa poitrine oppressée
» S'échappe, hélas! avec effort,
» Le dernier souffle de la vie.
» O mon âme! il faut oublier
» Et les erreurs et la folie
» Qu'un sang divin sut expier :
» En ces lieux on les apprécie!
» Et pourtant tu pus t'égarer!
» C'est la Croix du fils de Marie;
» Près d'elle il est doux de pleurer.

» J'aime à contempler en silence
» Ce Dieu qui s'immola pour nous;
» Il meurt d'un air tranquille et doux;
» C'est le trépas de l'innocence.

» Hélas! au milieu de ses maux,
» Jésus bénissait ses bourreaux, .
» Et quand, de douleur épuisée,
» Son âme prenait son essor,
» Il priait, et de sa pensée
» Le pardon s'échappait encor.

» Chrétiens, qu'appelle à la prière.
» Chaque soir une même loi,
» Venez en ce lieu solitaire,
» Venez raffermir votre foi.
» De la nuit les premières ombres.
» Ont voilé ces lieux vénérés :
» A travers ces espaces sombres,
» Entrons dans les parvis sacrés.
» Hélas! les chagrins de la vie
» Sans doute ont flétri votre cœur :
» Sans doute ce monde trompeur,
» Armé des serpens de l'envie,
» Insultait à votre malheur.
» Aux pieds de cette Croix chérie
» Mettez votre cœur déchiré,
» De la paix le gage assuré,
» Jésus souffrant vous y convie.
» Près de celles d'un Dieu sauveur
» Notre peine devient légère;
» Priez, mes frères, la prière
» Emousse les traits du malheur;
» Pour guérir les peines du cœur,
» Elle est un baume salutaire.

» Ainsi, quand l'horizon vermeil
» Loin de nous chasse les ténèbres,
» De la nuit les voiles funèbres
» Cèdent à l'éclat du soleil :
» Ainsi l'horizon de la vie
» S'éclaircit pour l'homme pieux.
» Une douce mélancolie
» Un calme pur, délicieux,
» Console son âme flétrie.
» Dans les mains d'un Dieu de bonté
» Plaçant ses maux, il lui confie
» Les chagrins d'un cœur agité.

   » O délices d'une âme pure !
» L'impie aurait-il soupçonné
» Ce secret de l'infortuné ?
» Ah ! plus fut vive la blessure,
» Et plus la grâce a dominé !

   » Croix sainte du Dieu que j'adore,
» Du pardon gage rassurant
» Pour un cœur fervent qui t'implore,
» Demain, au lever de l'aurore,
» Aux pieds de Jésus expirant,
» Je reviendrai prier encore. »

   La voix se tait, et dans mon cœur
J'éprouve une crainte imprévue :
Je sens une chaîne inconnue
Le ramener vers son auteur.
Le Christ l'a dit : quand la prière
En mon nom vous réunira
Sur vous l'Esprit-Saint descendra
Pour vous consoler sur la terre.

ANGOULÊME, IMPRIMERIE DE J. BROQUISSE.